George Orwell's

„1984"

in
einfachen Worten
zusammengefasst

Inhaltsverzeichnis

George Orwell

George Orwell, eigentlich Eric Arthur Blair, wurde am 25. Juni 1903 in Motihari, Britisch-Indien, geboren und starb am 21. Januar 1950 in London, England. Er war ein britischer Schriftsteller und Journalist, der für seine politischen und dystopischen Werke bekannt ist, insbesondere für sein Meisterwerk "1984".

Orwell wurde in eine bürgerliche Familie geboren und wuchs in England auf. Er besuchte das Eton College, eine renommierte Schule, und entschied sich später, eine Karriere in der Kolonialverwaltung in Burma einzuschlagen. Nach einigen Jahren kehrte er jedoch desillusioniert von der Kolonialherrschaft zurück und begann seine literarische Laufbahn.

In den 1930er Jahren engagierte sich Orwell politisch und kämpfte während des Spanischen Bürgerkriegs auf Seiten der republikanischen Kräfte gegen den aufkommenden Faschismus. Diese Erfahrungen prägten sein politisches Bewusstsein und flossen in seine Schriften ein.

Orwells bekanntestes Werk, "1984", wurde 1949 veröffentlicht und ist eine dystopische Vision einer totalitären Gesellschaft, in der die Regierung, repräsentiert durch die Partei und ihren Führer Big Brother, die absolute Kontrolle über das Denken und Handeln der Menschen hat. Das Buch enthüllt die Auswirkungen der Überwachung, der Manipulation der Wahrheit und der Unterdrückung individueller Freiheiten. Orwell schuf mit "1984" eine faszinierende und erschreckende Welt, in der der Einzelne in einem permanenten Zustand der Angst und Gehorsam gehalten wird.

"1984" wurde zu einem zeitlosen Klassiker und prägte den Begriff des "Orwellianischen", der auf eine dystopische Gesellschaft hinweist, in der Überwachung und Kontrolle allgegenwärtig sind. Das Buch war nicht nur ein literarischer Erfolg, sondern auch ein politisches Manifest, das die Gefahren totalitärer Regime aufdeckte und zur Kritik an Machtmissbrauch und staatlicher Kontrolle anregte.

George Orwell, dessen Gesundheit bereits durch Tuberkulose beeinträchtigt war, starb im Alter von 46 Jahren. Seine Werke haben jedoch eine dauerhafte Wirkung auf die Literatur und das politische Denken. Orwell wird als einer der bedeutendsten Schriftsteller des 20. Jahrhunderts betrachtet, der mit seinen politischen Einsichten und visionären Werken einen bleibenden Einfluss hinterlassen hat.

Orwells "1984" bleibt auch heute noch eine bedeutende Lektüre, die uns dazu auffordert, wachsam zu sein und die Werte der Freiheit, Privatsphäre und Wahrheit zu verteidigen. Durch sein Werk hat Orwell uns eine Warnung vor den Gefahren der staatlichen Kontrolle und Unterdrückung hinterlassen und erinnert uns daran, dass wir unsere Freiheiten schützen und für eine gerechtere und freiere Welt kämpfen müssen.

Prolog

Der Prolog zu George Orwells "1984" bietet einen Einblick in die düstere und unterdrückende Welt, die den Leser im Verlauf des Buches erwartet. Er legt den Grundstein für die zentralen Themen des Romans und lässt die Leser in die beklemmende Zukunftsvision von Orwell eintauchen.

Der Prolog beginnt mit einer Beschreibung des Staates Ozeanien, einer der drei großen Supermächte der Welt, in der die Handlung stattfindet. Ozeanien wird als totalitärer Überwachungsstaat dargestellt, in dem die Partei die absolute Kontrolle über alle Aspekte des Lebens ihrer Bürger hat. Es wird betont, dass die Partei die Vergangenheit kontrolliert, die Gegenwart manipuliert und die Zukunft vorhersagt.

Der Leser wird mit dem Protagonisten Winston Smith bekannt gemacht, einem gewöhnlichen Mann, der als Angestellter im Ministerium für Wahrheit arbeitet. Winston fühlt sich zunehmend unzufrieden mit der Kontrolle und den Lügen der Partei. Er sehnt sich nach Individualität und Freiheit in einer Welt, die von Konformität und Unterdrückung geprägt ist.

Der Prolog enthüllt auch die Existenz von Big Brother, dem unumstrittenen Führer der Partei. Big Brother wird als allgegenwärtiges und allmächtiges Symbol der totalitären Herrschaft dargestellt, der überwacht, kontrolliert und gefürchtet wird. Die Gesellschaft wird gezwungen, Big Brother zu verehren und bedingungslos zu gehorchen.

Es wird auch auf die "Gedankenpolizei" hingewiesen, eine Geheimpolizei, die die Menschen überwacht und Verstöße gegen die Partei sofort bestraft. Der Prolog verdeutlicht die Angst und das Misstrauen, die in der Gesellschaft herrschen, und die drakonischen Strafen, die auf jeden Widerstand oder jede Abweichung folgen.

Der Prolog schafft eine düstere Atmosphäre und vermittelt den Lesern ein Gefühl der Hoffnungslosigkeit und der Bedrohung. Es weckt die Neugierde auf die Fragen, wie Winston versucht, sich gegen die Partei zu erheben, und ob er in der Lage sein wird, der Überwachung und Kontrolle zu entkommen.

Insgesamt dient der Prolog dazu, den Lesern einen ersten Eindruck von der totalitären Welt von "1984" zu vermitteln und sie auf die beklemmende Reise durch die Geschichte und das Schicksal von Winston Smith vorzubereiten. Er lässt die Leser bereits ahnen, welche Gefahren und Konflikte auf Winston und andere Charaktere zukommen werden und erzeugt eine Atmosphäre der Spannung und des Unbehagens.

Teil 1

Der große Bruder

Kapitel 1 des Buches "1984" von George Orwell führt uns in die düstere und unterdrückende Welt von Ozeanien ein. Die Geschichte spielt in einer totalitären Gesellschaft, die von einem Parteiregime kontrolliert wird. Der Protagonist Winston Smith, ein einfacher Mann in seinen dreißiger Jahren, arbeitet im Ministerium für Wahrheit und ist mit der Neuschreibung von historischen Dokumenten beauftragt.

Das Kapitel beginnt mit Winstons Ankunft an einem kalten Apriltag in seinem Büro. Die Beschreibung der Umgebung vermittelt uns eine trostlose Atmosphäre - die Wände sind mit grauem, schmuddeligem Putz bedeckt, das Licht ist schwach und der Geruch von vergilbtem Papier erfüllt die Luft. Diese detaillierte Beschreibung verdeutlicht die triste und bedrückende Natur des Lebens in Ozeanien.

Winston fühlt sich von seiner Arbeit erdrückt und unzufrieden mit dem System, in dem er gefangen ist. Er zweifelt an der Wahrhaftigkeit der Informationen, die er bearbeiten muss, und hat heimlich Gedanken und Erinnerungen, die nicht mit der Parteilinie übereinstimmen. Diese Gedanken stellen eine direkte Verletzung der Gedankenverbrechen dar, die von der Partei streng bestraft werden.

Als Winston seine Arbeit fortsetzt, beschreibt Orwell die Methoden und Techniken der Partei zur Manipulation der Vergangenheit. Die Partei kontrolliert die Geschichte und die öffentliche Meinung, indem sie alte Dokumente verändert oder vernichtet und neue Versionen der Vergangenheit schafft, die ihren Interessen entsprechen. Das Ziel ist es, das Bewusstsein der Menschen zu kontrollieren und sicherzustellen, dass sie nur das glauben, was die Partei ihnen sagt.

Winston reflektiert über seine eigene Vergangenheit und seine Erinnerungen an eine Zeit vor der Herrschaft der Partei. Er erinnert sich an seine Kindheit, an Ereignisse und an Menschen, die längst aus den offiziellen Aufzeichnungen verschwunden sind. Diese Erinnerungen bringen in Winston ein Gefühl der Rebellion hervor, eine Sehnsucht nach Freiheit und nach einer Welt, in der die Wahrheit nicht manipuliert wird.

Während Winston in seinen Gedanken versunken ist, wird er von der Teleschirmüberwachung überrascht. In Ozeanien sind die Menschen ständig von Teleschirmen umgeben, die ihre Aktivitäten überwachen. Winston fühlt sich unbehaglich und beobachtet. Er kann seine Gedanken und Emotionen nicht frei ausdrücken, da er befürchtet, von der Gedankenpolizei erfasst zu werden.

Das Kapitel endet mit einem Treffen zwischen Winston und einer jungen Parteimitgliedin namens Julia. Sie schickt ihm einen Zettel mit der Nachricht "Ich liebe dich". Dieser Akt der Rebellion und des Ausdrucks von Liebe zwischen Winston und Julia zeigt, dass sie beide eine Abneigung gegen das Parteiregime empfinden und geheime Verbindungen eingehen, die außerhalb der Kontrolle der Partei liegen.

Insgesamt liefert das erste Kapitel von "1984" eine beklemmende Einführung in die dystopische Welt von Ozeanien. Wir lernen Winston Smith kennen, der mit der Unterdrückung und Kontrolle des Parteiregimes ringt. Der Leser wird in die totalitäre Atmosphäre der Überwachung, Manipulation der Geschichte und der Unterdrückung individueller Freiheit eingeführt. Winstons geheime Gedanken und seine Begegnung mit Julia lassen einen Funken der Hoffnung aufkeimen, dass es noch Möglichkeiten des Widerstands und der Liebe geben könnte.

Tagebuch

Im zweiten Kapitel von George Orwells "1984" nimmt die Geschichte Fahrt auf und vertieft sich in die Beziehung zwischen Winston Smith und Julia sowie ihre Rebellion gegen das Parteiregime.

Das Kapitel beginnt mit Winstons Gedanken über die Partei und seine Zweifel an ihrer Ideologie. Er erkennt, dass die Kontrolle über die Vergangenheit eine grundlegende Methode der Partei ist, um die Gegenwart zu manipulieren und die Zukunft zu gestalten. Winston fühlt sich zunehmend isoliert und sehnt sich nach einem Ausweg aus der Unterdrückung.

Eines Tages kommt es zu einem unerwarteten Treffen zwischen Winston und Julia in einem abgelegenen Raum außerhalb des Blickfelds der Teleschirme. Julia, eine junge und rebellische Frau, zeigt Interesse an Winston und ihrer gemeinsamen Ablehnung der Partei. Sie beginnen eine heimliche Affäre, die ihnen Momente der Freiheit und des Widerstands gegen das Regime ermöglicht.

Die Beziehung zwischen Winston und Julia entwickelt sich langsam und wird von einer starken physischen Anziehungskraft geprägt. Sie treffen sich heimlich in einem versteckten Zimmer, das Winston gemietet hat. Dieser Raum wird zu einem Symbol für ihre Flucht aus der Realität und ihren Kampf gegen die Unterdrückung.

Während ihrer Begegnungen teilen Winston und Julia ihre Gedanken und Gefühle über die Partei. Sie sind sich einig, dass das Regime Lügen verbreitet und die Menschen ihrer Freiheit beraubt. Sie teilen ihre Träume von einer besseren Welt, in der sie ohne Furcht leben können.

Julia offenbart Winston auch ihre Fähigkeit, sich den Regeln der Partei anzupassen, ohne ihre eigentliche rebellische Natur zu opfern. Sie nimmt an den Parteiaktivitäten teil und gibt vor, ein gehorsames Mitglied zu sein, während sie insgeheim ihre eigenen Pläne der Opposition verfolgt.

Die Intimität zwischen Winston und Julia wächst, und sie tauschen sogar Bücher aus, die verboten sind und nicht der offiziellen Parteilinie entsprechen. Durch das Lesen dieser Bücher erhalten sie Einblicke in alternative Gedankenwelten und erweitern ihre Perspektiven.

Das Kapitel enthüllt auch die inneren Konflikte und Ängste, die Winston und Julia plagen. Sie sind sich bewusst, dass ihre rebellischen Aktivitäten gefährlich sind und sie von der Partei entdeckt werden könnten. Sie haben ständige Angst vor der Gedankenpolizei und befürchten, dass ihre Liebe und ihre Rebellion scheitern könnten.

Trotz dieser Ängste beschließen Winston und Julia, sich der "Bruderschaft" anzuschließen, einer geheimen Widerstandsbewegung, die gegen die Partei kämpft. Sie sind bereit, alles zu riskieren, um ihre Freiheit zurückzugewinnen und die Unterdrückung zu beenden.

Das zweite Kapitel von "1984" offenbart die zunehmende Intensität und das Engagement von Winston und Julia für ihren Widerstand gegen die Partei. Ihre heimliche Affäre und ihr Streben nach Freiheit bilden den Mittelpunkt der Handlung und lassen den Leser in die aufkeimende Rebellion eintauchen. Es wird klar, dass Winston und Julia bereit sind, alles zu opfern, um ihre Überzeugungen zu verteidigen und gegen die tyrannische Macht anzukämpfen.

Schöne neue Welt

Im dritten Kapitel von George Orwells "1984" vertieft sich die Beziehung zwischen Winston Smith und Julia weiter, während sie ihre Rebellion gegen das Parteiregime fortsetzen. Das Kapitel beleuchtet auch die Methoden der Partei, um ihre Kontrolle über die Menschen aufrechtzuerhalten.

Das Kapitel beginnt mit Winston und Julia in ihrem geheimen Versteck, einem versteckten Raum, der außerhalb des Blickfelds der Teleschirme liegt. Sie führen intime Gespräche und tauschen ihre Gedanken über die Partei und ihre Träume von Freiheit aus. Winston erzählt Julia von seinen Zweifeln und seinem Verlangen nach einer Revolution.

Winston offenbart Julia auch seine Faszination für ein altes Gebäude, das "Prolethenker" genannt wird. Es ist ein Ort, an dem sich die normalen Menschen, die Proles, versammeln und ihre eigenen unabhängigen Gedanken und Aktivitäten haben dürfen. Winston betrachtet die Proles als mögliche Hoffnungsträger für den Widerstand gegen die Partei.

Die Beziehung zwischen Winston und Julia wird von ihrer gemeinsamen Rebellion gegen die Partei geprägt. Sie diskutieren über verschiedene Wege des Widerstands und hoffen, dass ihre kleinen rebellischen Akte eine Veränderung herbeiführen können. Sie verstehen jedoch auch, dass ihre Bemühungen möglicherweise nur begrenzte Auswirkungen haben und dass die Macht der Partei immens ist.

Winston erzählt Julia von einem Mann namens O'Brien, der Mitglied der Inneren Partei zu sein scheint und von dem er glaubt, dass er ein Verbündeter im Widerstand sein könnte. Sie beschließen, ihn zu finden und ihn um Unterstützung zu bitten. Sie hegen die Hoffnung, dass O'Brien ihnen helfen kann, die Kontrolle der Partei zu durchbrechen.

Ein großer Teil des Kapitels widmet sich der detaillierten Beschreibung des Lebens der Proles. Orwell zeigt die Vernachlässigung und Ignoranz, mit der die Partei die Proles behandelt, indem sie ihnen Freiheiten gewährt, aber auch dafür sorgt, dass sie ungebildet und abgelenkt bleiben. Winston betrachtet die Proles als mögliche Verbündete und glaubt, dass der Widerstand gegen die Partei von ihnen ausgehen könnte.

Das Kapitel endet mit einem intensiven Moment zwischen Winston und Julia, als sie Zeugen eines proletarischen Paares werden, das sich in der Öffentlichkeit leidenschaftlich küsst. Dieser Akt der öffentlichen Zuneigung und Liebe schockiert sie, da es in der Welt von Ozeanien als tabu gilt und die Partei Intimität und emotionale Bindungen kontrolliert und unterdrückt.

Das dritte Kapitel von "1984" vertieft die Beziehung zwischen Winston und Julia und zeigt ihre fortgesetzte Rebellion gegen das Parteiregime. Es enthüllt auch die hoffnungsvolle Betrachtung der Proles als mögliche Befreier und stellt die Macht der Partei in Frage. Der Akt der öffentlichen Zuneigung am Ende des Kapitels markiert einen Wendepunkt und verdeutlicht die tiefe Sehnsucht nach menschlicher Verbundenheit und Freiheit.

Eine blinde Ameise

Im vierten Kapitel von George Orwells "1984" wird die Handlung von "1984" weiter vorangetrieben, während Winston Smith tiefer in den Widerstand gegen die Partei eintaucht und mehr über die Brutalität und Kontrolle des Regimes erfährt.

Das Kapitel beginnt mit Winstons Besuch bei O'Brien, einem Mitglied der Inneren Partei, von dem Winston glaubt, dass er ein Verbündeter im Widerstand sein könnte. O'Brien erweckt den Eindruck, ein interessierter und aufgeschlossener Gesprächspartner zu sein, und Winston hegt die Hoffnung, dass er ein Mitstreiter im Kampf gegen die Partei ist.

Winston enthüllt O'Brien seine rebellischen Gedanken und Zweifel an der Partei und offenbart ihm, dass er sich der "Bruderschaft" anschließen möchte. O'Brien scheint zustimmend zu reagieren und sagt Winston, dass er ihn in Kürze kontaktieren wird. Winston ist erleichtert und voller Hoffnung, dass er endlich einen Verbündeten gefunden hat.

Währenddessen wird die Beziehung zwischen Winston und Julia intensiver. Sie treffen sich weiterhin heimlich in ihrem Versteck außerhalb der Reichweite der Teleschirme und setzen ihren Kampf gegen die Unterdrückung fort. Sie erfreuen sich an kleinen Freuden des Lebens wie gutem Essen, Liebe und der Verbindung zueinander.

Eines Tages erhalten Winston und Julia eine Einladung zu einer geheimen Zusammenkunft, bei der sie Mitglieder der "Bruderschaft" treffen sollen. Diese Einladung erfüllt sie mit Freude und Hoffnung, da sie nun die Möglichkeit haben, sich aktiv am Widerstand zu beteiligen und eine Veränderung herbeizuführen.

Inmitten dieser Hoffnungen und Pläne enthüllt Orwell jedoch auch die dunkle und brutale Seite der Partei. Winston erhält ein Buch namens "Das Meiste von Goldstein", das von Emmanuel Goldstein geschrieben wurde, einem prominenten Gegner der Partei. Das

Buch beschreibt die schrecklichen Methoden und die Unterdrückung der Partei, darunter Folter, Überwachung und Gehirnwäsche. Während Winston das Buch liest, wird ihm klar, wie tiefgreifend die Kontrolle und Manipulation der Partei ist.

Das Kapitel endet mit einer beunruhigenden Wendung, als Winston und Julia von der Gedankenpolizei verhaftet werden. Die scheinbare Einladung zur Zusammenkunft der "Bruderschaft" entpuppt sich als Falle der Partei. Sie werden brutal verhaftet und mitgenommen, um sich den Konsequenzen ihrer rebellischen Handlungen zu stellen.

Das vierte Kapitel von "1984" bringt Winston tiefer in den Widerstand gegen die Partei und eröffnet ihm einen Einblick in die Grausamkeit und Kontrolle des Regimes. Die Hoffnung auf Verbündete und Veränderung wird durch die brutale Verhaftung von Winston und Julia zerstört, was eine Wendung der Geschichte darstellt und eine Atmosphäre der Angst und Unsicherheit schafft.

Mitten in der Knechtschaft

Im fünften Kapitel von George Orwells "1984" findet Winston Smith sich in einem grausamen und dehumanisierenden Gefängnis wieder, wo er physisch und psychisch gefoltert wird. Das Kapitel offenbart die extreme Brutalität der Partei und zeigt die Bemühungen, Winstons Geist zu brechen und ihn zu einem gehorsamen Unterstützer des Regimes zu machen.

Winston wird in das sogenannte "Ministerium der Liebe" gebracht, einem Ort der Folter und Gehirnwäsche. Dort wird er in eine Zelle gesperrt und ständig von den Mitgliedern der Gedankenpolizei überwacht. Winston erfährt die Grausamkeit der physischen Folter, während er geschlagen, gedemütigt und ausgehungert wird.

Während seiner Gefangenschaft wird Winston von O'Brien, dem Mann, den er einst als möglichen Verbündeten ansah, besucht. O'Brien erweist sich jedoch als Verräter und Mitglied der Inneren Partei. Er bekennt, dass er Winston die ganze Zeit über getäuscht hat, um seine rebellischen Gedanken und Gefühle zu entdecken. O'Brien erklärt Winston, dass das Hauptziel der Partei darin besteht, die menschliche Individualität zu zerstören und die absolute Kontrolle über die Menschen auszuüben.

Winston wird einer extremen Form der Gehirnwäsche unterzogen, bekannt als "Zersetzung". O'Brien zwingt ihn, seine rebellischen Überzeugungen zu verleugnen und zu akzeptieren, dass die Partei immer recht hat. Durch psychische Manipulation und physische Folter versucht O'Brien, Winstons Widerstand zu brechen und ihn zu einem willenlosen Anhänger der Partei zu machen.

Während dieser Qualen erinnert sich Winston immer wieder an Julia und seine Liebe zu ihr. Er schwankt zwischen der Loyalität zur Partei und dem Wunsch, seine rebellische Natur aufrechtzuerhalten. Die Gedanken an Julia und ihre gemeinsamen rebellischen Akte werden jedoch von den Methoden der Gedankenpolizei aus ihm herausgetrieben.

Im Laufe des Kapitels erfährt Winston von O'Brien von der Existenz von "Room 101", einem Raum, in dem die tiefsten Ängste und Alpträume eines Individuums ausgenutzt werden, um ihn zu brechen. Die Drohung, in Room 101 zu kommen, bringt Winston an den Rand des Zusammenbruchs und lässt ihn um sein eigenes Überleben kämpfen.

Das Kapitel endet mit Winston, der endgültig vor Room 101 steht und mit der unausweichlichen Konfrontation seiner tiefsten Ängste konfrontiert wird. Sein Geist ist erschüttert und gebrochen, und er zweifelt daran, ob er jemals in der Lage sein wird, seine rebellische Natur aufrechtzuerhalten.

Das fünfte Kapitel von "1984" enthüllt die extreme Brutalität und Kontrolle der Partei, während Winston physisch und psychisch gefoltert wird. Die Zersetzungstechniken und die Aussicht auf Room 101 verdeutlichen das Bestreben der Partei, die Individualität und den Widerstand der Menschen vollständig zu zerstören. Winston steht am Rande des Zusammenbruchs, und die Hoffnung auf eine Rebellion scheint immer weiter zu schwinden.

Mutmaßungen über die Vergangenheit

Im sechsten Kapitel von George Orwells "1984" setzt sich die Tortur von Winston Smith im "Ministerium der Liebe" fort. Das Kapitel zeigt seine totale Unterwerfung unter die Partei und seine endgültige Transformation zu einem gehorsamen Diener des Regimes.

Das Kapitel beginnt mit Winstons Eintritt in Room 101, den Raum des Schreckens. Winston wird von O'Brien und einer Gruppe von Parteimitgliedern empfangen, die darauf abzielen, seine letzten Reste von Individualität und rebellischem Geist zu brechen. O'Brien informiert Winston darüber, dass in Room 101 jeder Mensch mit seiner schlimmsten Angst konfrontiert wird.

Winston wird mit seiner größten Furcht konfrontiert, die in seinem Fall Ratten sind. Er erfährt, dass er mit einem Helm gefesselt ist, der Ratten auf seinem Gesicht platzieren kann. Winston ist verzweifelt und bereit, alles zu tun, um dieser Tortur zu entkommen. Er fleht O'Brien an, jemand anderen statt ihm mit den Ratten zu foltern.

In diesem Moment bricht Winston zusammen und verrät seine letzten Überzeugungen und Loyalitäten. Er schreit, dass Julia diejenige sein soll, die mit den Ratten gefoltert wird, nicht er selbst. Diese Verratstat zwingt Winston, seine Liebe zu Julia zu leugnen und seine Bindung zu ihr zu brechen.

Die Konfrontation mit seinen tiefsten Ängsten und der Verrat an Julia führen zu Winstons endgültiger Unterwerfung. Er wird von O'Brien und den Parteimitgliedern als gehorsamer Diener akzeptiert und beginnt, die Grundsätze der Partei bedingungslos zu akzeptieren. Winston erkennt, dass er nun bereit ist, alles zu glauben, was die Partei ihm sagt, und dass er jeglichen rebellischen Geist verloren hat.

Im weiteren Verlauf des Kapitels erfährt Winston von O'Brien von den Zielen der Partei. Sie strebt nach vollständiger Macht und Kontrolle über die Menschen und will sie zu gedankenlosen

Werkzeugen machen. O'Brien erklärt Winston, dass es keine Wahrheit gibt, außer der, die von der Partei festgelegt wird, und dass das individuelle Denken und die Individualität selbst ausgelöscht werden müssen.

Das Kapitel endet mit Winston, der sich den Parolen und Indoktrinationen der Partei unterwirft. Er akzeptiert, dass er geliebt und angebetet werden muss und dass die Partei unfehlbar ist. Er hat seine Individualität, seine rebellischen Überzeugungen und jeglichen Widerstand vollständig aufgegeben.

Das sechste Kapitel von "1984" markiert die vollständige Unterwerfung und Transformation von Winston Smith. Durch die extreme Folter in Room 101 bricht Winston zusammen und verrät seine letzten Überzeugungen und Loyalitäten. Er wird zu einem willenlosen Diener der Partei, der bereit ist, alles zu akzeptieren, was ihm gesagt wird. Die Bedrohung und Kontrolle der Partei werden deutlich, während Winston seine Individualität und seine rebellische Natur verliert.

Folter

Im siebten Kapitel von George Orwells "1984" wird die Phase der Umerziehung und Gehirnwäsche von Winston Smith im "Ministerium der Liebe" fortgesetzt. Das Kapitel zeigt den Versuch der Partei, Winstons individuelles Denken und seine Erinnerungen vollständig auszulöschen, um ihn zu einem loyalen Anhänger des Regimes zu machen.

Winston findet sich in einem hellen, sterilen Raum wieder, der von Teleschirmen und Lautsprechern überwacht wird. Er wird von O'Brien betreut, der nun eine Rolle als Umerzieher und Instrukteur einnimmt. Winston ist physisch geschwächt und geistig gebrochen, und seine Erinnerungen an die Vergangenheit verblassen zunehmend.

O'Brien erklärt Winston die grundlegenden Prinzipien des Regimes und drängt ihn, seine gesamte Existenz der Partei zu widmen. Er leugnet jegliche Objektivität oder Wahrheit und behauptet, dass die Partei die einzige Quelle von Wissen und Realität ist. O'Brien zwingt Winston, die Parteilinie zu wiederholen und jegliche abweichenden Gedanken oder Erinnerungen zu leugnen.

Winston wird gezwungen, seine Erinnerungen umzuschreiben und seine Vergangenheit zu verleugnen. Er soll glauben, dass das Regime immer recht hat und dass er selbst ein Verbrecher gegen die Partei war. Während des Prozesses wird Winston körperlich misshandelt und gezwungen, seine eigene Identität und seine Überzeugungen zu verraten.

O'Brien erklärt Winston auch das Konzept der "Doppeldenk", bei dem Individuen zwei widersprüchliche Ideen gleichzeitig akzeptieren müssen. Dies dient dazu, die Fähigkeit zur Kritik und zur Erkenntnis von Widersprüchen zu unterdrücken. Winston wird gezwungen, den Doppeldenk zu akzeptieren und zu glauben, dass zwei plus zwei manchmal fünf sein kann, wenn die Partei es so sagt.

Winston gibt schließlich nach und akzeptiert die Überlegenheit der Partei. Er bricht zusammen und erkennt, dass seine rebellischen Gedanken und seine Hoffnung auf Veränderung nutzlos sind. Er akzeptiert die Kontrolle und Unterwerfung durch die Partei und verspricht, alles zu tun, was von ihm verlangt wird.

Das Kapitel endet mit Winston, der O'Brien gegenüber seine bedingungslose Loyalität gegenüber der Partei bekundet. Er ist bereit, sich vollständig dem Regime zu unterwerfen und seine eigene Individualität und Autonomie aufzugeben. Winston ist nun ein gehorsamer Diener der Partei, der bereit ist, alles zu tun, um ihre Interessen zu unterstützen.

Das siebte Kapitel von "1984" zeigt den beispiellosen Versuch der Partei, den Geist eines Individuums zu kontrollieren und zu formen. Winston wird dazu gezwungen, seine eigenen Erinnerungen und Überzeugungen zu leugnen und sich der Überlegenheit und Allmacht der Partei zu unterwerfen. Die totale Gehirnwäsche und die Unterwerfung des Individuums unter das Regime werden deutlich, und Winston gibt schließlich nach, um zu überleben.

Gewalttat

Im achten Kapitel von George Orwells "1984" erleben wir Winston Smith in seiner neuen Rolle als treuer Diener der Partei. Das Kapitel zeigt die fortgesetzte Kontrolle und Überwachung der Bürger durch die Partei, sowie Winstons Anpassung an das totalitäre Regime.

Winston arbeitet nun im "Ministerium der Wahrheit" an der Neuschreibung der Vergangenheit. Seine Aufgabe besteht darin, historische Dokumente so zu verändern, dass sie mit den aktuellen Lügen und Propaganda der Partei übereinstimmen. Winston lernt die Tricks und Methoden, wie die Geschichte verfälscht wird, um das Machtmonopol der Partei zu stärken.

Während seiner Arbeit trifft Winston auf Syme, einen eifrigen Parteimitarbeiter und Sprachforscher. Syme ist überzeugt von der Überlegenheit der Partei und ihren Manipulationen der Sprache. Er erklärt Winston, dass das Ziel der Partei darin besteht, die Sprache so zu verändern, dass die Menschen nicht mehr in der Lage sind, kritisch zu denken oder Widersprüche zu erkennen.

Winston fühlt sich von Syme und seiner Offenheit bedroht, da er seine rebellischen Gedanken und Zweifel nicht preisgeben kann. Syme, der eine zu kritische Haltung hat, wird vermutlich von der Partei beseitigt werden, um mögliche Aufstände zu verhindern.

Winston wird auch von einer jungen Frau namens Parsons angesprochen, die in seiner Abteilung arbeitet. Sie ist eine fanatische Unterstützerin der Partei und zeigt keinerlei Zweifel oder rebellische Gedanken. Parsons ist stolz darauf, ihre eigene Tochter wegen angeblicher Gedankenverbrechen an die Gedankenpolizei verraten zu haben.

In diesem Kapitel erfahren wir auch von Winstons ständiger Überwachung durch den Teleschirm in seiner Wohnung. Jeder seiner Schritte und Äußerungen werden von der Partei beobachtet und analysiert. Winston erkennt, dass er niemals sicher vor der allgegenwärtigen Überwachung der Partei sein wird.

Das Kapitel endet mit Winston, der von einer jungen Frau namens Julia angesprochen wird. Sie überreicht ihm heimlich einen Zettel mit der Aufschrift "Ich liebe dich". Winston ist überrascht und begeistert von der Möglichkeit, einen Verbündeten gefunden zu haben. Er fühlt sich von Julia angezogen und hofft, dass sie seine rebellischen Gedanken teilt.

Das achte Kapitel von "1984" zeigt die fortgesetzte Unterdrückung und Kontrolle der Bürger durch die Partei. Winston arbeitet nun aktiv an der Neuschreibung der Geschichte mit und lernt die Manipulation der Sprache kennen. Die ständige Überwachung und Kontrolle durch die Partei wird betont, während Winston von Julia, einer potenziellen Verbündeten, angesprochen wird. Dies eröffnet die Möglichkeit einer geheimen rebellischen Beziehung zwischen den beiden.

Geräusche

Im neunten Kapitel von George Orwells "1984" tauchen wir tiefer in die geheime Beziehung zwischen Winston Smith und Julia ein. Das Kapitel enthüllt ihre rebellischen Aktivitäten, ihre Treffen in einem abgelegenen Raum und ihre gemeinsamen Pläne, sich gegen die Partei aufzulehnen.

Winston und Julia treffen sich regelmäßig in einem versteckten Raum im Proletariergebiet, der ihnen als Rückzugsort dient. Dieser Raum gehört einem alten Parteimitglied namens Mr. Charrington, der jedoch in Wirklichkeit ein Agent der Gedankenpolizei ist. Unwissend über die Überwachung werden Winston und Julia in ihrer vermeintlich sicheren Umgebung intim und offenbaren einander ihre rebellischen Gedanken.

Winston zeigt Julia sein Tagebuch, in dem er seine abweichenden Meinungen und Überzeugungen festhält. Er erklärt ihr, dass sie sich nicht damit zufriedengeben sollten, nur ihre Liebe und Individualität zu bewahren, sondern dass sie aktiv gegen die Partei vorgehen müssen. Julia ist zunächst skeptisch, aber Winston überzeugt sie, dass der einzige Weg zur Freiheit darin besteht, die Partei zu stürzen.

Die beiden beginnen, konkrete Pläne für ihre Rebellion zu schmieden. Winston erwähnt die Existenz des "Buches", das von Emmanuel Goldstein geschrieben wurde und als Manifest der oppositionellen Kräfte gegen die Partei dient. Sie beschließen, das Buch zu beschaffen und es zu lesen, um ihre Erkenntnisse über die Machenschaften der Partei zu vertiefen und andere zu ermutigen, sich ihnen anzuschließen.

Winston und Julia wissen jedoch, dass ihre Beziehung und ihre Pläne gefährlich sind. Sie sind sich bewusst, dass sie früher oder später von der Gedankenpolizei entdeckt und bestraft werden. Dennoch entscheiden sie sich dafür, ihre Rebellion fortzusetzen und für ihre Freiheit zu kämpfen, egal welche Konsequenzen dies mit sich bringt.

Das Kapitel endet mit Winston und Julia, die in ihrem Rückzugsort im versteckten Raum eine kurze Zeit des Glücks und der Freiheit genießen. Sie sind sich bewusst, dass ihre Beziehung und ihre Rebellion nur von begrenzter Dauer sein können, aber sie entscheiden sich dafür, den Moment zu leben und ihre Liebe und ihren Widerstand zu feiern.

Das neunte Kapitel von "1984" zeigt die Intensivierung der Rebellion von Winston und Julia gegen die Partei. Sie teilen ihre abweichenden Gedanken und schmieden Pläne, um gegen die Unterdrückung anzukämpfen. Trotz der Gefahr und des Risikos entscheiden sie sich, für ihre Freiheit zu kämpfen und die Wahrheit zu suchen. Ihre Beziehung wird zu einem Symbol des Widerstands gegen die Kontrolle der Partei.

Teil 2

Sündenbock

Im zehnten Kapitel von George Orwells "1984" wird Winston Smith weiterhin von inneren Konflikten geplagt, während er seine rebellischen Gedanken und seinen Widerstand gegen die Partei fortsetzt. Das Kapitel enthüllt Winstons Zweifel und Ängste sowie seine immer stärker werdende Besessenheit von der Vergangenheit.

Winston fühlt sich zunehmend isoliert und allein in seinem Kampf gegen die Partei. Er zweifelt an den Erfolgsaussichten seines Widerstands und fragt sich, ob er die Macht und Kontrolle der Partei überhaupt durchbrechen kann. Trotz dieser Zweifel entscheidet sich Winston weiterhin, für seine Überzeugungen zu kämpfen und die Wahrheit zu suchen.

Winston ist besessen von der Vergangenheit und der Idee, dass die Wahrheit dort versteckt ist. Er glaubt, dass die Partei die Geschichte manipuliert hat, um ihre eigene Macht zu festigen, und er sehnt sich danach, die Wahrheit wiederzuentdecken. Er erinnert sich an Fragmente aus seiner Kindheit und versucht verzweifelt, diese Erinnerungen zu rekonstruieren und ihre Bedeutung zu verstehen.

Winston hat auch wiederholt Visionen von seiner Mutter, die ihn als Kind verlassen hat. Er fühlt sich schuldig für ihren Tod und vermutet, dass die Partei ihre Hinrichtung angeordnet hat. Diese Visionen und Schuldgefühle verstärken seine Ablehnung der Partei und treiben ihn dazu an, weiter gegen sie zu kämpfen.

Winston beschließt, Mr. Charrington, den Besitzer des versteckten Raums, nach Informationen über die Vergangenheit zu befragen. Er vermutet, dass Charrington Zugang zu alten Büchern und Dokumenten haben könnte, die ihm helfen könnten, die Wahrheit aufzudecken. Winston ist jedoch vorsichtig und misstrauisch gegenüber Charrington und befürchtet, dass er ein Spitzel der Gedankenpolizei sein könnte.

Trotz seiner inneren Konflikte und Ängste kann Winston seinen Widerstand gegen die Partei nicht aufgeben. Er ist entschlossen, die Wahrheit zu finden und die Lügen der Partei zu entlarven, selbst wenn dies sein eigenes Leben gefährdet. Er spürt, dass er ein Teil von etwas Größerem ist und dass sein Kampf von Bedeutung ist, auch wenn er nicht genau weiß, wohin dieser Kampf führen wird.

Das Kapitel endet mit Winston, der sich erneut mit Julia trifft und ihr von seiner Besessenheit von der Vergangenheit erzählt. Sie ermutigt ihn, weiterzumachen und für die Wahrheit zu kämpfen. Winston und Julia verstehen, dass ihr Widerstand gegen die Partei gefährlich ist, aber sie sind entschlossen, ihren Kampf fortzusetzen, egal welche Konsequenzen es mit sich bringt.

Das zehnte Kapitel von "1984" zeigt die innere Zerrissenheit und die Zweifel von Winston Smith, während er seinen Kampf gegen die Partei fortsetzt. Er ist besessen von der Vergangenheit und der Wahrheit, und seine Treffen mit Julia geben ihm Hoffnung und Unterstützung. Trotz der Gefahr und des Risikos sind Winston und Julia entschlossen, ihren Widerstand gegen die Partei aufrechtzuerhalten und für die Freiheit zu kämpfen.

Gott

Im elften Kapitel von George Orwells "1984" erleben wir Winston Smiths fortschreitenden Niedergang und seine Unterwerfung unter die Macht der Partei. Das Kapitel zeigt seine physische und psychische Folter durch die Gedankenpolizei und den beginnenden Verlust seiner Identität und Widerstandskraft.

Das Kapitel beginnt damit, dass Winston im "Ministerium der Liebe" gefangen gehalten wird, einem Ort, an dem die Partei ihre Feinde foltert und Gehirnwäsche durchführt. Winston wird von O'Brien, einem hochrangigen Mitglied der Partei und vermeintlichen Verbündeten, verhört und psychisch manipuliert. O'Brien versucht, Winston davon zu überzeugen, dass die Realität einzig und allein das ist, was die Partei sagt und dass es keine objektive Wahrheit gibt.

Winston wird einer Reihe von grausamen Foltermethoden ausgesetzt, um seinen Willen zu brechen. Er wird geschlagen, misshandelt und mit Elektroschocks gefoltert. Währenddessen versucht O'Brien, Winston dazu zu bringen, seine abweichenden Gedanken und Überzeugungen aufzugeben und die Partei bedingungslos anzunehmen. Winston wird gezwungen, seine rebellischen Ideen zu verleugnen und seine Liebe zu Julia zu verraten.

Winston gibt schließlich nach und unterwirft sich der Macht der Partei. Er gesteht, dass er bereit ist, alles zu tun, was die Partei von ihm verlangt, und dass er seine eigenen Überzeugungen und sogar seine Erinnerungen aufgeben wird, um zu überleben. Winston verleugnet seine eigene Individualität und Akzeptanz der Lügen der Partei.

Während der Folter offenbart O'Brien Winston auch die wahre Natur der Macht der Partei. Er erklärt, dass die Partei nicht nur daran interessiert ist, politische Kontrolle auszuüben, sondern auch das Wesen des Individuums selbst zu zerstören. Das Ziel der Partei ist es, den Menschen so zu verändern, dass er nicht mehr in der Lage ist, abweichendes Denken zu haben und seine eigene Existenz zu hinterfragen.

Das Kapitel endet damit, dass Winston die letzte Phase seiner Gehirnwäsche durchläuft. Er wird in einen Zustand gebracht, in dem er bedingungslos die Autorität der Partei akzeptiert und bereit ist, sogar gegen seine eigenen Interessen zu handeln, um den Willen der Partei zu erfüllen.

Das elfte Kapitel von "1984" zeigt den dramatischen Niedergang von Winston Smith und seinen endgültigen Verlust des eigenen Willens und der eigenen Identität. Er wird von der Gedankenpolizei gefoltert und psychisch manipuliert, bis er sich der Partei bedingungslos unterwirft. Das Kapitel verdeutlicht die brutale Natur der Partei und ihre Bemühungen, nicht nur politische Kontrolle, sondern auch die totale Unterwerfung des Individuums zu erreichen.

Bruderschaft

Im zwölften Kapitel von George Orwells "1984" wird die Transformation von Winston Smith abgeschlossen, während er in die finale Phase seiner Gehirnwäsche und Umerziehung durch die Partei eintaucht. Das Kapitel zeigt seine totale Unterwerfung unter die Partei und den endgültigen Verlust seiner Individualität.

Winston befindet sich immer noch im "Ministerium der Liebe" und wird weiterhin von O'Brien, einem hochrangigen Mitglied der Partei, verhört und manipuliert. O'Brien setzt seine grausame Folter fort, um Winston vollständig zu brechen und ihn dazu zu bringen, die Partei bedingungslos zu akzeptieren.

Während der Folter offenbart O'Brien Winston die endgültige Wahrheit über die Natur der Macht. Er erklärt, dass die Partei nicht nur politische Kontrolle ausübt, sondern auch das Konzept der Realität selbst manipuliert. Die Partei behauptet, dass es keine objektive Wahrheit gibt und dass sie die Macht hat, die Vergangenheit nach Belieben zu verändern. O'Brien zwingt Winston dazu, diese Ideologie zu akzeptieren und zu glauben, dass die Partei immer Recht hat, unabhängig von den Fakten.

Winston wird gezwungen, seine rebellischen Überzeugungen und Gedanken zu verleugnen. Er verrät nicht nur seine Geliebte Julia, sondern auch seine eigene Identität. Winston stimmt zu, dass er nie gegen die Partei aufbegehrt hat und dass er immer ein treues Mitglied war. Er akzeptiert die Lügen und Verdrehungen der Partei als absolute Wahrheit und schwört, bedingungslos ihren Anweisungen zu folgen.

Mit dem Verlust seiner eigenen Individualität und der totalen Unterwerfung unter die Partei wird Winston zu einem gehorsamen Werkzeug in ihren Händen. Er ist bereit, alles zu tun, was von ihm verlangt wird, selbst wenn es bedeutet, seine eigenen Überzeugungen zu verleugnen und andere zu verraten. Winston hat keine eigenen Gedanken mehr und ist zu einem leeren Gefäß geworden, das die Ideologie der Partei widerspiegelt.

Das Kapitel endet damit, dass Winston einer abschließenden Gehirnwäsche unterzogen wird. Sein Verstand wird so umgeformt, dass er die Partei bedingungslos verehrt und jede Opposition gegen sie verabscheut. Winston hat jeglichen Widerstand aufgegeben und ist zu einem willenlosen Diener der Partei geworden.

Das zwölfte Kapitel von "1984" markiert die endgültige Unterwerfung und Umerziehung von Winston Smith durch die Partei. Winston verliert seine Individualität und akzeptiert die Ideologie der Partei als absolute Wahrheit. Er wird zu einem gehorsamen Diener der Partei, der bereit ist, alles zu tun, um ihre Macht aufrechtzuerhalten. Das Kapitel verdeutlicht die totalitäre Kontrolle der Partei über den Einzelnen und die vollständige Zerstörung des individuellen Denkens und der persönlichen Freiheit.

Klassenherrschaft

Im dreizehnten Kapitel von George Orwells "1984" erfährt der Leser von Winston Smiths körperlichem und geistigem Verfall nach seiner vollständigen Umerziehung durch die Partei. Das Kapitel zeigt die Auswirkungen der totalen Unterwerfung auf Winstons Psyche und seine vollständige Identifikation mit der Ideologie der Partei.

Winston befindet sich nun in einer Art Wartezustand im "Ministerium der Liebe". Sein Körper ist schwach, abgemagert und geschwächt, und er wird von Schmerzen und Krankheit geplagt. Sein Verstand ist gefangen in einem endlosen Kreislauf von Gedanken und Erinnerungen, die von der Partei kontrolliert und manipuliert werden.

Winston hat jeglichen Sinn für Zeit verloren und ist nicht mehr in der Lage, zwischen Tag und Nacht zu unterscheiden. Er wird von Albträumen und Halluzinationen geplagt, in denen er von der Partei verfolgt und beobachtet wird. Er hat auch Visionen von seinem Vater, der ihn als Kind misshandelt hat. Diese Visionen symbolisieren die Kontrolle der Partei über seine Gedanken und Erinnerungen.

Winston wird von O'Brien besucht, der seine endgültige Unterwerfung überprüft. O'Brien fragt Winston, ob es etwas gibt, worauf er noch hofft. Winston antwortet, dass er hofft, dass er letztendlich von der Partei getötet wird. O'Brien erklärt ihm, dass dies nicht passieren wird, da die Partei den Tod als einfache Lösung betrachtet. Stattdessen wird Winston für den Rest seines Lebens in einem Zustand des Leidens und der Unterwerfung gehalten.

O'Brien erklärt weiter, dass die endgültige Herrschaft der Partei darin besteht, nicht nur den Körper, sondern auch den Verstand des Individuums zu kontrollieren. Die Partei hat das Ziel, nicht nur politische Kontrolle auszuüben, sondern auch die Gedanken und Gefühle des Einzelnen zu beherrschen. Winston wird klar, dass er keine eigene Individualität mehr hat und dass seine Gedanken und Emotionen vollständig von der Partei kontrolliert werden.

Das Kapitel endet damit, dass Winston in einem Zustand der Apathie und der totalen Unterwerfung verharrt. Er hat alle Hoffnung aufgegeben und akzeptiert sein Schicksal als Gefangener der Partei. Er erkennt, dass sein Widerstand sinnlos war und dass die Partei immer siegen wird.

Das dreizehnte Kapitel von "1984" zeigt den körperlichen und geistigen Verfall von Winston Smith nach seiner totalen Umerziehung durch die Partei. Er ist physisch geschwächt und psychisch gebrochen. Winston hat jegliche Hoffnung aufgegeben und ist zu einem willenlosen Diener der Partei geworden. Das Kapitel verdeutlicht die vollständige Kontrolle der Partei über den Einzelnen und die vollständige Vernichtung von Individualität und Freiheit.

Doppeldenk

Im vierzehnten Kapitel von George Orwells "1984" wird Winston Smith einer intensiven Gehirnwäsche und Manipulation unterzogen, um seine letzten Reste von Individualität und Widerstand zu brechen. Das Kapitel konzentriert sich auf Winstons psychischen Zustand und seine zunehmende Verwirrung zwischen Realität und Illusion.

Winston befindet sich weiterhin im "Ministerium der Liebe" und wird von O'Brien, einem hochrangigen Mitglied der Partei, überwacht und manipuliert. O'Brien setzt seine grausame Folter fort, um Winston vollständig zu brechen und ihn dazu zu bringen, die Ideologie der Partei bedingungslos zu akzeptieren.

Während der Folter wird Winston einer Vielzahl von Techniken ausgesetzt, darunter Elektroschocks und Drogen, um seinen Verstand zu manipulieren. O'Brien nutzt diese Methoden, um Winstons Erinnerungen zu verzerren und ihm falsche Überzeugungen einzupflanzen. Winston wird zunehmend desorientiert und kann die Realität nicht mehr von den Lügen der Partei unterscheiden.

O'Brien fordert Winston auf, die Existenz der materiellen Welt zu leugnen und zu akzeptieren, dass die Realität nur das ist, was die Partei definiert. Winston wird gezwungen, zu glauben, dass die Partei die Vergangenheit nach Belieben verändern kann und dass es keine objektive Wahrheit gibt. Er wird dazu gebracht, die Ideologie der Partei bedingungslos zu akzeptieren und alles zu akzeptieren, was sie ihm sagt.

Winston kämpft gegen die Gehirnwäsche an, aber seine Gedanken sind zunehmend verwirrt und fragmentiert. Er beginnt, Halluzinationen und Tagträume zu erleben, in denen er sich in einer anderen Realität befindet. Er sieht sich an einem Ort namens "Golden Country", wo er eine glücklichere Vergangenheit erlebt, bevor die Partei die Kontrolle übernommen hat.

Das Kapitel endet mit Winston, der vor dem Spiegel steht und sein entstelltes Gesicht betrachtet. Er erkennt, dass er nicht mehr derselbe ist und dass er seine Individualität und seine Fähigkeit, die Realität zu erkennen, verloren hat. Er ist zu einem willenlosen Diener der Partei geworden, der bereit ist, alles zu glauben und zu tun, was von ihm verlangt wird.

Das vierzehnte Kapitel von "1984" zeigt die fortgesetzte Zerstörung von Winstons Geist und seinen Verlust der Wahrnehmung der Realität. Er wird einer intensiven Gehirnwäsche unterzogen, um seine letzten Reste von Individualität und Widerstand zu brechen. Das Kapitel verdeutlicht die grausame Natur der Partei und ihre Fähigkeit, die Gedanken und Wahrnehmung des Einzelnen zu kontrollieren und zu manipulieren.

Die Stunde der Begegnung

Im fünfzehnten Kapitel von George Orwells "1984" wird Winston Smiths physischer und geistiger Zerfall fortgesetzt, während er sich weiterhin im "Ministerium der Liebe" befindet. Das Kapitel konzentriert sich auf Winstons Begegnung mit einem anderen Gefangenen, Syme, der ein ehemaliger Kollege war und nun ebenfalls von der Partei gefangen genommen wurde.

Winston wird in einen Raum gebracht, in dem er Syme, einen intellektuellen Parteimitarbeiter, wiedertrifft. Syme war ein Linguist und arbeitete an der Neusprech-Newspeak, einer von der Partei entwickelten Sprache, die dazu diente, das Denken einzuschränken und den Ausdruck oppositioneller Ideen unmöglich zu machen.

Während ihres Gesprächs wird Winston klar, dass Syme tief in die Ideologie der Partei verstrickt ist und keinerlei Opposition oder Zweifel hegt. Syme zeigt keinerlei Zeichen von Rebellion oder Unzufriedenheit und äußert sogar Bewunderung für die absurden und widersprüchlichen Praktiken der Partei.

Winston erkennt, dass Syme vollständig assimiliert und zu einem Gehirngewaschenen geworden ist. Er hat seine Individualität und sein kritisches Denken aufgegeben, um die Ideologie der Partei bedingungslos zu akzeptieren. Syme ist ein Beispiel dafür, wie die Partei in der Lage ist, Menschen zu manipulieren und ihre Gedanken und Überzeugungen vollständig zu kontrollieren.

Winston wird von Syme als "letztem Mann" bezeichnet, was darauf hinweist, dass er der letzte verbliebene Mensch ist, der noch eine gewisse Widerstandsfähigkeit und Individualität besitzt. Syme erkennt, dass Winston noch nicht vollständig gebrochen ist, aber er betont auch, dass Winston sich ändern und anpassen muss, wenn er überleben will.

Das Kapitel endet damit, dass Syme aus dem Raum geführt wird, um vermutlich liquidiert zu werden. Winston erkennt, dass er das gleiche Schicksal teilen könnte, wenn er nicht seine rebellischen

Gedanken und Gefühle unter Kontrolle bringt. Er ist sich bewusst, dass er ein Außenseiter ist und dass die Partei keine Abweichler duldet.

Das fünfzehnte Kapitel von "1984" zeigt die totale Unterwerfung und Gehirnwäsche von Syme, einem ehemaligen Kollegen von Winston Smith. Syme hat seine Individualität und sein kritisches Denken aufgegeben, um die Ideologie der Partei bedingungslos zu akzeptieren. Das Kapitel verdeutlicht die Kontrolle der Partei über die Gedanken und Überzeugungen der Menschen sowie die drakonischen Maßnahmen, die sie ergreift, um jeglichen Widerstand zu zerschlagen.

Anziehungskraft und Ablehnung

Im sechzehnten Kapitel von George Orwells "1984" erlebt Winston Smith eine Begegnung mit Julia, seiner früheren Geliebten, die ebenfalls im "Ministerium der Liebe" gefangen gehalten wird. Das Kapitel konzentriert sich auf ihre Wiederannäherung und ihre gemeinsame Ablehnung der Partei.

Winston und Julia treffen sich in einem verschlossenen Raum des Ministeriums und tauschen ihre Erfahrungen aus. Julia berichtet, dass sie unter Folter ebenfalls gebrochen wurde und nun bereit ist, die Ideologie der Partei zu akzeptieren, solange sie weiterhin ihre rebellische Haltung bewahren können. Sie teilen die Überzeugung, dass sie zwar äußerlich den Anschein der Anpassung wahren müssen, innerlich aber ihren Widerstand gegen die Partei aufrechterhalten wollen.

Winston offenbart Julia seine Hoffnung auf eine geheime Widerstandsbewegung, die "Bruderschaft" genannt wird. Er glaubt, dass es eine Organisation gibt, die sich gegen die Partei auflehnt und den Sturz des Regimes anstrebt. Julia zeigt jedoch wenig Interesse an politischen Ideen und macht deutlich, dass sie eher an ihrem persönlichen Widerstand interessiert ist, der darin besteht, sich den sexuellen Besitzansprüchen der Partei zu entziehen.

Winston und Julia erklären einander ihre Liebe und ihre Bereitschaft, sich gegenseitig zu unterstützen, auch wenn sie wissen, dass ihre Beziehung von kurzer Dauer sein wird. Sie genießen ihre intimen Momente, die ihnen einen vorübergehenden Rückzug von der Unterdrückung und Kontrolle der Partei ermöglichen.

Das Kapitel endet damit, dass Winston einen versteckten Ort in einem alten Proletarierviertel entdeckt, den er als sicheren Rückzugsort für ihn und Julia betrachtet. Obwohl sie sich der Gefahr bewusst sind, die mit ihrer rebellischen Haltung einhergeht, entscheiden sie sich, diesen Ort als Symbol ihrer Freiheit und ihrer gemeinsamen Ablehnung der Partei zu nutzen.

Das sechzehnte Kapitel von "1984" zeigt die Wiederannäherung von Winston Smith und Julia, die beide im "Ministerium der Liebe" gefangen gehalten werden. Sie teilen ihre Erfahrungen und ihre Ablehnung der Partei, während sie ihre Liebe und ihren Widerstand gegen die Unterdrückung feiern. Das Kapitel verdeutlicht die Bedeutung von individueller Freiheit und menschlicher Verbundenheit angesichts der Tyrannei der Partei.

Das Testament der Vergangenheit

Im siebzehnten Kapitel von George Orwells "1984" findet ein Wendepunkt in der Beziehung zwischen Winston Smith und Julia statt, als sie von der Geheimpolizei der Partei, der Gedankenpolizei, entdeckt und verhaftet werden. Das Kapitel konzentriert sich auf ihre Festnahme, ihre Folter und die anschließende Veränderung ihrer Überzeugungen.

Winston und Julia werden in einem verlassenen Landhaus festgenommen, das als ihr geheimer Rückzugsort diente. Die Gedankenpolizei hat sie die ganze Zeit über beobachtet und überwacht. Winston wird brutal verhört und gefoltert, um Geständnisse über seine rebellischen Gedanken und Aktivitäten zu erzwingen.

Unter der Folter bricht Winston schließlich zusammen und verrät nicht nur Julia, sondern gesteht auch seine tiefsten Gedanken und Überzeugungen. Er gibt zu, dass er gegen die Partei und Big Brother rebelliert hat und an die Existenz der "Bruderschaft" glaubt. Seine rebellische Haltung wird vollständig gebrochen, und er unterwirft sich der Ideologie der Partei.

Winston wird schließlich in einen Raum gebracht, in dem er auf O'Brien trifft, der sich als ein Mitglied der "Bruderschaft" ausgegeben hatte. O'Brien enthüllt jedoch, dass er in Wirklichkeit ein Agent der Gedankenpolizei ist und dass die "Bruderschaft" nur eine Falle war, um Abweichler wie Winston zu entlarven. Er erklärt, dass es keine Hoffnung auf Widerstand oder Veränderung gibt und dass der einzige Zweck der Partei darin besteht, Macht um der Macht willen auszuüben.

Winston wird einer weiteren Runde der Gehirnwäsche und Folter unterzogen, um ihn zu einem gehorsamen Parteimitglied zu machen. Er wird dazu gezwungen, seine eigene Identität und Überzeugungen zu leugnen und zu akzeptieren, dass alles, was er einst für wahr hielt, falsch war. Am Ende des Kapitels ist Winston ein gebrochener Mann, der bereit ist, vollständig in der Unterdrückung der Partei aufzugehen.

Das siebzehnte Kapitel von "1984" markiert den Wendepunkt in Winstons Geschichte, da er von der Gedankenpolizei verhaftet und gefoltert wird. Er verrät nicht nur Julia, sondern auch seine rebellischen Gedanken und Überzeugungen. Das Kapitel verdeutlicht die scheinbare Unbesiegbarkeit und Allmacht der Partei sowie die totale Unterwerfung und Kontrolle, die sie über die Menschen ausübt.

Eine Wohnung in der Inner Party
Im achtzehnten Kapitel von George Orwells "1984" erlebt Winston
Smith eine Phase der Rehabilitation und Indoktrination im
"Ministerium der Liebe". Das Kapitel konzentriert sich auf seine
Unterwerfung unter die Autorität der Partei und seine schrittweise
Anpassung an die Ideologie des Großen Bruders.

Winston wird in eine Zelle gebracht, in der er von einem Arzt
untersucht wird. Dieser Arzt, der als "O'Brien" bekannt ist, ist
tatsächlich ein hochrangiges Mitglied der Inneren Partei und dient
als Mentor und Folterer von Winston. O'Brien beginnt eine Reihe
von Gesprächen mit Winston, um seine Gedanken und
Überzeugungen weiter zu manipulieren.

Winston wird einer Reihe von Gehirnwäsche- und
Umerziehungsverfahren unterzogen. O'Brien verwendet Techniken
wie Elektroschocks und Drogen, um Winston physisch und
psychisch zu quälen. Im Laufe der Zeit beginnt Winston zu
verstehen, dass er seine rebellischen Gedanken und Gefühle
aufgeben muss, um zu überleben.

O'Brien erklärt Winston die Ideologie der Partei und den wahren
Zweck ihrer Macht. Er behauptet, dass die Partei die einzige Quelle
von Wahrheit und Stabilität ist und dass das Individuum nichts wert
ist im Vergleich zur kollektiven Macht der Partei. Winston wird dazu
gebracht, diese Ideen zu akzeptieren und sogar zu internalisieren,
indem er seinen eigenen Verstand und seine eigenen
Überzeugungen leugnet.

Im Verlauf des Kapitels wird Winston mit seinen schlimmsten
Ängsten konfrontiert und gezwungen, seine tiefsten
Überzeugungen aufzugeben. Er wird dazu gebracht, seine
Ablehnung der Partei und seinen Glauben an die Existenz der
"Bruderschaft" zu leugnen. O'Brien überzeugt ihn davon, dass er
nie gegen die Partei rebelliert hat und dass seine Erinnerungen an
Widerstand und Opposition lediglich Illusionen waren.

Am Ende des Kapitels ist Winston vollständig indoktriniert und hat seine rebellische Natur unterdrückt. Er akzeptiert bedingungslos die Ideologie des Großen Bruders und ist bereit, ein treuer Diener der Partei zu sein. Er erkennt, dass es keinen Raum für Opposition oder individuelle Freiheit gibt und dass die Partei uneingeschränkte Kontrolle über die Gedanken und Überzeugungen der Menschen ausübt.

Das achtzehnte Kapitel von "1984" zeigt die abschließende Unterwerfung von Winston Smith unter die Autorität der Partei. Er wird einer intensiven Gehirnwäsche und Indoktrination unterzogen, die seine rebellische Natur vollständig bricht. Das Kapitel verdeutlicht die absolute Macht und Kontrolle der Partei über die Gedanken und Überzeugungen der Menschen und die Fähigkeit, sie zu manipulieren und zu zwingen, ihre individuelle Identität und Überzeugungen aufzugeben.

Das Geheimnis von Room 101

Im neunzehnten Kapitel von George Orwells "1984" erfährt Winston Smith eine weitere Stufe der Manipulation und Unterdrückung durch die Partei. Das Kapitel konzentriert sich auf seine endgültige Zerstörung als individuelles Wesen und seine Umwandlung in ein Instrument der Partei.

Winston wird in ein Zimmer gebracht, das mit einem Spiegel ausgestattet ist. Als er in den Spiegel schaut, erkennt er, dass er sich physisch stark verändert hat. Er ist abgemagert, seine Haare sind grau geworden und sein Gesicht ist von Narben und Wunden gezeichnet. Er ist eine Schattenfigur seiner früheren selbst geworden.

O'Brien, der als Folterer und Mentor von Winston fungiert, setzt seine Gehirnwäsche fort. Er erklärt, dass die Partei nicht nur die Kontrolle über die äußeren Handlungen der Menschen ausüben will, sondern auch über ihre innersten Gedanken und Gefühle. Winston wird dazu gebracht, zu glauben, dass seine Liebe zu Julia nur ein vorübergehender Anfall war und dass seine Loyalität ausschließlich Big Brother gehört.

Im weiteren Verlauf des Kapitels wird Winston eine Szene vorgespielt, in der er von der Partei öffentlich gedemütigt wird. Er wird gezwungen, vor einer Menschenmenge seine eigenen Verbrechen und Abweichungen zu bekennen und seine Schuld anzuerkennen. Dies dient dazu, ihn vollständig zu demütigen und zu demoralisieren und seine individuelle Identität zu zerstören.

Schließlich erreicht das neunzehnte Kapitel seinen Höhepunkt, als Winston in die berüchtigte "Gehirnwäscheklinik" gebracht wird. Dort werden ihm verschiedene Behandlungen und Techniken angewandt, um seine Psyche vollständig umzuprogrammieren. Er wird einer Methode namens "Zwei-Minuten-Hass" unterzogen, bei der er mit den Bildern von Feinden der Partei konfrontiert wird und gezwungen wird, seine Wut und Aggression gegen sie zu richten.

Am Ende des Kapitels ist Winston vollständig gebrochen und unterwirft sich bedingungslos der Autorität der Partei. Er akzeptiert die Lügen und Verzerrungen der Partei als Wahrheit und betrachtet Big Brother als den einzigen Führer, dem er treu sein muss. Er hat jeglichen Sinn für individuelle Freiheit und Wahrheit verloren und ist zu einem willenlosen Werkzeug der Partei geworden.

Das neunzehnte Kapitel von "1984" zeigt die endgültige Zerstörung von Winstons Persönlichkeit und seine vollständige Umwandlung in ein Instrument der Partei. Er wird einer intensiven Gehirnwäsche und Manipulation unterzogen, die seine individuelle Identität auslöscht und ihn zu einem gehorsamen Diener der Partei macht. Das Kapitel verdeutlicht die erschreckende Macht der Partei, die nicht nur die äußere Kontrolle, sondern auch die innere Gedankenwelt der Menschen beherrschen will.

Teil 3

Streitgespräch mit O'Brien

Im zwanzigsten Kapitel von George Orwells "1984" setzt sich die psychologische Folter und Manipulation von Winston Smith durch die Partei fort. Das Kapitel konzentriert sich auf die endgültige Unterwerfung und Selbstverleugnung von Winston sowie auf die Bestätigung der totalitären Macht der Partei.

Winston wird in ein Raum gebracht, in dem er auf Julia trifft, die ebenfalls gefoltert und indoktriniert wurde. Beide erkennen, dass sie sich nicht mehr lieben und dass ihre rebellische Liebe nur ein temporäres Gefühl war, das von der Partei zerschlagen wurde. Sie sind zu Fremden geworden, die ihre Vergangenheit und ihre gemeinsamen Erinnerungen verleugnen.

O'Brien erscheint in diesem Kapitel erneut und präsentiert Winston eine Vision der Realität, die die Ideologie der Partei unterstützt. Er erklärt, dass die Vergangenheit nur eine Konstruktion ist und dass die Partei die volle Kontrolle über die Geschichtsschreibung hat. Winston wird dazu gezwungen, seine eigenen Erinnerungen und Wahrnehmungen zu verwerfen und die Version der Geschichte zu akzeptieren, die von der Partei diktiert wird.

Winston wird auch gezwungen, an den Prinzipien der Partei festzuhalten, einschließlich der Idee, dass "Zwei plus Zwei gleich Fünf" sein kann, wenn die Partei es sagt. Diese Absurdität soll Winstons Verstand brechen und ihn dazu bringen, jede Form von Logik und Vernunft aufzugeben.

Im weiteren Verlauf des Kapitels wird Winston einer weiteren Stufe der Indoktrination unterzogen, bei der er gezwungen wird, seine Loyalität zur Partei in einem Ritual zu bekräftigen. Er muss einen Vertrag unterschreiben, in dem er alle Rechte und Privatsphäre aufgibt und sich bedingungslos der Partei unterwirft.

Am Ende des Kapitels ist Winston endgültig gebrochen und akzeptiert die Herrschaft der Partei in seiner innersten Seele. Er hat seine individuelle Identität und seine Fähigkeit, Wahrheit von Lüge zu unterscheiden, vollständig verloren. Er betrachtet Big Brother als den einzigen Führer, dem er bedingungslos gehorchen muss, und akzeptiert, dass die Partei die ultimative Quelle von Macht und Wahrheit ist.

Das zwanzigste Kapitel von "1984" zeigt die endgültige Unterwerfung und Selbstverleugnung von Winston Smith unter die totalitäre Macht der Partei. Er wird einer intensiven Manipulation und Gehirnwäsche unterzogen, die ihn dazu bringt, seine eigene Identität und seine tiefsten Überzeugungen aufzugeben. Das Kapitel verdeutlicht die erschreckende Fähigkeit der Partei, die Gedanken und Überzeugungen der Menschen zu kontrollieren und ihre individuelle Freiheit zu zerstören.

Der Schrei

Das einundzwanzigste Kapitel von George Orwells "1984" ist eine Fortsetzung der Gehirnwäsche und Unterdrückung von Winston Smith durch die Partei. Das Kapitel konzentriert sich auf Winstons totale Unterwerfung unter die Autorität der Partei und seine innere Zerrissenheit zwischen der Akzeptanz der Parteipropaganda und dem Verlangen nach Freiheit.

Winston wird in einen Raum gebracht, der mit Plakaten des Großen Bruders bedeckt ist, während laute Propaganda abgespielt wird. O'Brien, der Folterer und Mentor von Winston, erscheint erneut und setzt seine Manipulation fort. Er versucht, Winston davon zu überzeugen, dass die Partei allein im Besitz der Wahrheit ist und dass die individuelle Freiheit nichts als eine Illusion ist.

Winston erfährt von O'Brien auch von einem Ort namens "Zimmer 101", von dem er bereits gehört hat. Es ist ein Ort des ultimativen Schreckens, an dem jeder Mensch mit seiner schlimmsten Angst konfrontiert wird. Diese Erwähnung des Zimmers 101 wirft eine weitere Schicht von Furcht und Unsicherheit auf Winston, da er sich bewusst wird, dass er möglicherweise bald mit seiner tiefsten Angst konfrontiert werden könnte.

Im weiteren Verlauf des Kapitels wird Winston einem weiteren Verhör unterzogen, bei dem er seine Loyalität zur Partei beweisen und seine endgültige Unterwerfung zeigen muss. Er wird mit Fragen und Anschuldigungen bombardiert, um seine Widerstandsfähigkeit zu testen und sicherzustellen, dass er jegliche rebellischen Gedanken oder Gefühle unterdrückt hat.

Schließlich erreicht das einundzwanzigste Kapitel seinen Höhepunkt, als Winston in das gefürchtete Zimmer 101 gebracht wird. Dort wird er mit seiner tiefsten Angst, der Rattenphobie, konfrontiert. Er wird gezwungen, seinen eigenen Tod zu wählen, indem er die Ratten freilässt, um ihn zu beißen. In dieser extremen Situation bricht Winston zusammen und fleht darum, dass das Leid ihm erspart bleibt, indem er Julia stattdessen zu den Ratten schickt.

Am Ende des Kapitels erkennt Winston, dass seine Liebe zu Julia zerstört ist und dass er vollständig und bedingungslos in die Ideologie der Partei eingewilligt hat. Er akzeptiert, dass die Partei die absolute Kontrolle über ihn hat und dass er bereit ist, alles zu tun, um seine eigene Folter zu vermeiden.

Das einundzwanzigste Kapitel von "1984" zeigt die vollständige Unterwerfung und psychische Zerstörung von Winston Smith. Er hat jeglichen Widerstand gegen die Partei aufgegeben und ist bereit, jeden Verrat zu begehen, um sein eigenes Überleben zu sichern. Das Kapitel verdeutlicht die beängstigende Fähigkeit der Partei, Menschen zu brechen und ihre Identität zu zerstören, sowie die grausame Natur der totalitären Herrschaft.

Der Folgsame

Das zweiundzwanzigste Kapitel von George Orwells "1984" führt den Leser in eine düstere und bedrückende Atmosphäre ein. Es konzentriert sich auf die endgültige Veränderung von Winston Smith, der nun völlig zu einem willenlosen Diener der Partei geworden ist.

Winston wird aus dem Zimmer 101 entlassen und findet sich in einem Zustand tiefster Erschöpfung und Verzweiflung wieder. Er ist körperlich und geistig gebrochen und vollkommen bereit, den Befehlen der Partei zu gehorchen. Er hat jeglichen individuellen Willen und jegliches Streben nach Freiheit aufgegeben.

Winston wird wieder mit Julia konfrontiert, die ebenfalls gefoltert und indoktriniert wurde. Sie erkennen, dass sie sich nicht mehr lieben und dass ihre Rebellion gegen die Partei eine Illusion war. Sie sind nur noch leere Hüllen ihrer früheren selbst, die bereit sind, ihre eigenen Ideale zu verraten.

Die beiden werden von der Partei getrennt und Winston wird allein zurückgelassen. Er beginnt, die Parteipropaganda zu akzeptieren und sich den Lügen der Partei zu unterwerfen. Er akzeptiert, dass die Vergangenheit nur eine Erfindung ist und dass die Partei die Kontrolle über alle Informationen und Wahrheiten hat.

Im weiteren Verlauf des Kapitels wird Winston von der Partei erneut verhört, um seine völlige Unterwerfung sicherzustellen. Er wird gefragt, ob es etwas gibt, woran er noch glaubt, und er gibt zu, dass er immer noch an den "Proles" festhält, die als einfache Menschen außerhalb der Parteikontrolle leben. Dies wird von der Partei als Schwäche betrachtet und als Beweis für seine Unvollkommenheit.

Schließlich erreicht das zweiundzwanzigste Kapitel seinen Höhepunkt, als Winston in einer öffentlichen Versammlung teilnehmen muss, bei der er seine endgültige Unterwerfung zeigen soll. Er wird dazu gezwungen, die Partei und Big Brother zu preisen und seine Bereitschaft zu zeigen, alles zu tun, um der Partei zu dienen.

Am Ende des Kapitels ist Winston zu einer leeren Hülle geworden, die vollständig in die Ideologie der Partei eingewilligt hat. Er hat seine individualistischen Überzeugungen und Wünsche aufgegeben und akzeptiert, dass die Partei die absolute Kontrolle über sein Leben hat.

Das zweiundzwanzigste Kapitel von "1984" zeigt die endgültige Zerstörung von Winstons Persönlichkeit und seine totale Unterwerfung unter die Partei. Er ist bereit, jede Form von Widerstand und rebellischen Gedanken aufzugeben und sich bedingungslos der Macht der Partei zu unterwerfen. Das Kapitel verdeutlicht die erschreckende Fähigkeit der Partei, Menschen zu brechen und ihre Identität zu zerstören, und zeigt die schrecklichen Konsequenzen einer totalitären Herrschaft.

Das Spielzeug des Schicksals

Das dreiundzwanzigste Kapitel von George Orwells "1984" zeigt den endgültigen Triumph der Partei über Winston Smith und die völlige Zerstörung seiner Individualität. Das Kapitel konzentriert sich auf Winstons Rehabilitation und seine vollständige Assimilation in das Parteisystem.

Winston wird in das Ministerium für Liebe gebracht, wo er einer intensiven Umprogrammierung unterzogen wird. Er wird von O'Brien und anderen Funktionären der Partei betreut und einem umfassenden Gehirnwaschprozess unterzogen. Sie versuchen, sein Bewusstsein vollständig zu verändern und seine rebellischen Gedanken auszulöschen.

Winston wird in einem Zimmer eingesperrt, das mit Teleschirmen ausgestattet ist, die seine Bewegungen überwachen. Er wird körperlich gefoltert und mit grausamen Methoden wie Elektroschocks und Drogen behandelt, um seinen Willen zu brechen. Gleichzeitig wird er einer ständigen Propaganda ausgesetzt, die seine Gedanken kontrollieren und ihm die Ideologie der Partei einimpfen soll.

Im weiteren Verlauf des Kapitels wird Winston dazu gezwungen, falsche Geständnisse abzulegen, in denen er Verbrechen zugibt, die er nie begangen hat. Er wird gezwungen, seine eigene Schuld anzuerkennen und seine angeblichen Vergehen gegen die Partei zu bereuen. Dieser Prozess der Selbsterniedrigung und Selbstdemütigung soll Winston dazu bringen, seine eigene Identität aufzugeben und sich der totalen Kontrolle der Partei zu unterwerfen.

Winston wird auch gezwungen, andere Menschen zu denunzieren, einschließlich einiger seiner engsten Freunde. Er wird dazu ermutigt, seine eigenen Gedanken zu überwachen und jegliche Form von Widerstand gegen die Partei zu unterdrücken. Er wird aufgefordert, Big Brother bedingungslos zu verehren und seine eigenen Überzeugungen und Wünsche zu verleugnen.

Am Ende des Kapitels ist Winston vollständig umgewandelt. Er akzeptiert die Ideologie der Partei und hat seine individuelle Identität vollständig aufgegeben. Er betrachtet Big Brother als den wahren Führer und die Partei als die einzige Quelle von Wahrheit und Macht.

Das dreiundzwanzigste Kapitel von "1984" zeigt die vollständige Unterwerfung von Winston Smith unter die Autorität der Partei. Er wird einer extremen Gehirnwäsche unterzogen, bei der er physisch und psychisch gebrochen wird. Das Kapitel verdeutlicht die beängstigende Fähigkeit der Partei, die Gedanken und Überzeugungen eines Menschen zu kontrollieren und seine Individualität zu zerstören. Es stellt auch die Frage nach dem Wesen der Freiheit und der Manipulation des menschlichen Geistes durch totalitäre Regime.

Das Eingeständnis

Das vierundzwanzigste Kapitel von George Orwells "1984" zeigt den abschließenden Triumph der Partei über Winston Smith und die endgültige Vernichtung seiner Persönlichkeit. Das Kapitel konzentriert sich auf die letzten Stadien von Winstons Gehirnwäsche und seine totale Assimilation in das Parteisystem.

Winston wird aus dem Ministerium für Liebe entlassen und findet sich in einer Welt wieder, die vollständig von der Partei kontrolliert wird. Überall gibt es Bilder des Großen Bruders und Parteipropaganda, die Winston daran erinnern, dass er ständig überwacht wird. Er erkennt, dass er nicht mehr in der Lage ist, zwischen der Realität und der manipulierten Wahrnehmung der Partei zu unterscheiden.

Winston begegnet Julia, die ebenfalls völlig verändert und assimiliert wurde. Sie erkennen, dass ihre Rebellion gegen die Partei nur ein kurzer Moment des Widerstands war und dass sie nun vollständig der Partei gehorchen müssen. Sie haben keine individuellen Gedanken oder Gefühle mehr und haben sich der Ideologie der Partei bedingungslos unterworfen.

Im weiteren Verlauf des Kapitels wird Winston erneut mit O'Brien konfrontiert, der nun vollständig als Funktionär der Partei agiert. O'Brien erklärt Winston, dass der Zweck der Partei darin besteht, Macht um der Macht willen zu erlangen und zu erhalten. Er erklärt, dass die Partei die Geschichte kontrolliert und die Vergangenheit nach Belieben umschreibt, um ihre Macht zu festigen.

Winston wird dazu gezwungen, seine eigenen Überzeugungen und Gedanken zu verleugnen. Er wird gezwungen, seine Liebe zu Julia zu verleugnen und zu akzeptieren, dass er niemandem außer der Partei treu sein darf. Er erkennt, dass er den inneren Kampf verloren hat und dass die Partei seine Seele gebrochen hat.

Am Ende des Kapitels wird Winston in die Knechtschaft der Partei entlassen. Er arbeitet nun als treuer Diener der Partei, der bereit ist, alles zu tun, um ihre Ziele zu erreichen. Er hat seine Individualität und menschliche Würde vollständig aufgegeben und ist nur noch ein Schatten seiner selbst.

Das vierundzwanzigste Kapitel von "1984" zeigt die endgültige Zerstörung von Winstons Persönlichkeit und seinen totalen Verlust an Freiheit und Autonomie. Die Partei hat ihn vollständig assimiliert und zu einem willigen Instrument ihrer Macht gemacht. Das Kapitel verdeutlicht die erschreckende Fähigkeit einer totalitären Regierung, die Gedanken und Überzeugungen eines Menschen zu kontrollieren und zu manipulieren. Es stellt auch die Frage nach dem Wert der Individualität und der menschlichen Freiheit in einer Welt, in der die Macht der Partei alles beherrscht.

Goldstein

Das fünfundzwanzigste und letzte Kapitel von George Orwells "1984" zeigt die vollständige Unterwerfung und Vernichtung von Winston Smith durch die Partei. Es bietet einen abschließenden Blick auf die Auswirkungen der totalitären Herrschaft und die totale Kontrolle der Partei über das individuelle Denken und Handeln.

Winston befindet sich nun in einem Zustand der geistigen und körperlichen Zerstörung. Er arbeitet als Parteiapparat, der die Propaganda verbreitet und die Lügen der Partei unterstützt. Er hat jegliche Individualität und menschliche Würde aufgegeben und ist nur noch ein leerer Schatten seiner selbst.

In diesem Kapitel begegnet Winston Julia erneut, die ebenfalls transformiert und gebrochen ist. Sie haben keine Emotionen mehr füreinander und betrachten ihre vorherige rebellische Beziehung als eine Art Illusion. Sie haben ihre individuellen Wünsche und Träume aufgegeben und dienen nun bedingungslos der Partei.

Die Propaganda der Partei wird immer intensiver und allgegenwärtiger. Die Menschen werden dazu gezwungen, Big Brother bedingungslos zu verehren und die Ideologie der Partei zu akzeptieren. Die Vergangenheit wird umgeschrieben, um die Macht der Partei zu stärken, und die Menschen sind gezwungen, die neuen Versionen der Geschichte als die einzig wahre Realität anzuerkennen.

Im weiteren Verlauf des Kapitels wird Winston von O'Brien erneut konfrontiert. O'Brien erklärt ihm, dass die Partei den menschlichen Geist vollständig beherrscht und die endgültige Macht über die Gedanken und Überzeugungen der Menschen erlangt hat. Winston erkennt, dass es keine Hoffnung auf Veränderung oder Widerstand gibt und dass die Partei die absolute Kontrolle über die Zukunft hat.

Das Kapitel endet mit Winston, der auf einem Café sitzt und einen Gin trinkt. Er betrachtet die Menge um sich herum und bemerkt, dass alle Menschen gleichgültig und gehorsam sind, bereit, den

Lügen der Partei zu folgen. Winston selbst hat seine eigene Identität verloren und ist nur noch ein Produkt der totalitären Herrschaft.

Das fünfundzwanzigste Kapitel von "1984" zeigt die endgültige Niederlage der individuellen Freiheit und des Widerstands gegen die Macht der Partei. Winston ist völlig gebrochen und akzeptiert die absolute Kontrolle und Manipulation der Partei. Das Kapitel verdeutlicht die düstere Botschaft des Buches über die Gefahren der totalitären Herrschaft und die Bedeutung der individuellen Freiheit und des Widerstands gegen Unterdrückung. Es zeigt auch die erschreckende Fähigkeit der Partei, den menschlichen Geist zu kontrollieren und die Wahrheit nach Belieben zu manipulieren.

Epilog

Das Ende des Buches lässt den Leser mit einem Gefühl der Hoffnungslosigkeit und Unterdrückung zurück. Dennoch kann ein Epilog hypothetisch formuliert werden, um einen abschließenden Blick auf die Themen und Botschaften des Buches zu werfen.

Im Epilog von "1984" würde sich der Fokus auf die Langzeitfolgen der totalitären Herrschaft der Partei und die Auswirkungen auf die Gesellschaft richten. Die Welt ist von einem ständigen Überwachungsstaat durchdrungen, in dem die Menschen ihre individuellen Freiheiten und Rechte aufgegeben haben. Die Manipulation der Geschichte und die Kontrolle der Gedanken sind zu allgegenwärtigen Realitäten geworden.

Die Partei hat ihre Macht gefestigt und hält die Menschen in einem ständigen Zustand der Angst und Unterwerfung gefangen. Die Menschen sind zu willenlosen Marionetten geworden, die bereit sind, jeden Befehl der Partei zu befolgen und ihre eigenen Gedanken und Gefühle zu unterdrücken. Jeder Hauch von Widerstand oder Abweichung wird sofort erstickt, und diejenigen, die sich widersetzen, werden mit brutalster Gewalt zum Schweigen gebracht.

Die Welt außerhalb von Ozeanien bleibt unklar. Es wird jedoch angedeutet, dass ähnliche totalitäre Regime in anderen Teilen der Welt existieren könnten. Die Ideen der Partei könnten sich ausbreiten und die Menschheit in eine dystopische Zukunft führen, in der die Macht des Einzelnen erstickt und die individuelle Freiheit ein Ding der Vergangenheit ist.

Der Epilog würde auch die Relevanz des Buches für die Leser in der realen Welt betonen. "1984" ist eine Warnung vor den Gefahren des totalitären Regimes, das die Macht der Regierung auf Kosten der individuellen Freiheit und des freien Denkens ausnutzt. Es erinnert uns daran, dass wir unsere Freiheiten und Rechte schützen und gegen jede Form von Unterdrückung und Manipulation kämpfen müssen.

Der Epilog könnte die Leser ermutigen, sich gegen jede Form von Überwachung und Unterdrückung zu erheben, die ihre Freiheit bedroht. Es könnte die Bedeutung des Schutzes der Privatsphäre, der Pressefreiheit und des Rechts auf freies Denken und Meinungsäußerung betonen.

Insgesamt wäre der Epilog von "1984" ein Aufruf zur Wachsamkeit und zum Widerstand gegen jede Form von Machtmissbrauch und Tyrannei. Es würde die Leser ermutigen, die Botschaft des Buches aufrechtzuerhalten und sicherzustellen, dass die Welt, in der sie leben, nicht zu einer düsteren Dystopie wie der von Orwell beschriebenen wird.

ENDE